Todos los libros de Linkgua Ediciones cuentan con modelos de Inteligencia Artificial entrenados por hispanistas. Pregúntale al chat de tu libro lo que desees acerca de la obra o su autor/a.

Para ebooks: Accede a nuestro modelo de IA a través de este enlace.

Para libros impresos: Escanea el código QR de la portada con tu dispositivo móvil.

Obtén análisis detallados de nuestros libros, resúmenes, respuestas a tus preguntas y accede a nuestras ediciones críticas generativas para una experiencia de lectura más enriquecedora.
La transparencia y el respeto hacia la autoría de las fuentes utilizadas son distintivos básicos de nuestro proyecto. Por ello, las respuestas ofrecen, mediante un sistema de citas, las fuentes con las que han sido elaboradas.

José María Blanco White

Intrigas venecianas

Barcelona 2024
Linkgua-ediciones.com

Créditos

Título original: Intrigas venecianas.

© 2024, Red ediciones S.L.

e-mail: info@linkgua.com

Diseño de cubierta: Michel Mallard.

ISBN rústica ilustrada: 978-84-9816-833-4.
ISBN ebook: 978-84-9897-864-3.

Sumario

Brevísima presentación

La vida

José María Blanco White (1775-1841). España. Nació en Sevilla en 1775. Hijo del vicecónsul inglés Guillermo White. Fue canónico magistral en Cádiz y Sevilla y formó parte de la Academia de Letras Humanas (1793-1802). Tras una crisis espiritual marchó a Madrid, en donde trabajó en la Comisión de Literatos del Instituto Pestalozziano y luchó contra los franceses durante la ocupación.

Su ideología liberal le llevó a discrepar con la Junta Central; marchándose de España rumbo a Inglaterra en 1810, allí reinició sus estudios de inglés, su segunda lengua, y de griego. Fue profesor de la Universidad de Oxford y escribió crítica literaria en inglés y español publicada en *Variedades* o *El Mensajero de Londres* (1823-1825) publicación financiada por Rudolph Ackermann.

Murió en 1841 en Liverpool, Inglaterra.

Intrigas venecianas o fray Gregorio de Jerusalén: ensayo de una novela española

Hallábase Venecia en su mayor auge cuando un joven alemán llamado Alberto, movido del deseo de aumentar la herencia que acababa de recibir empleándola en especulaciones mercantiles, llegó a aquella célebre ciudad, que, cual señora del Adriático, parecía nave grandiosa que flotaba sobre sus olas (ahora yace como casco varado que la tormenta echó sobre la costa, triste, solitario y desbaratándose poco a poco). Reía la mar bajo los rayos del Sol, que después de la larga carrera de un día de verano iba a ocultarse tras las distantes cumbres del Apenino, cuando el bajel que conducía a Alberto desde Trieste echó el ancla. Rodeáronlo en breve varias de las góndolas que cubrían los canales que sirven de calles a Venecia, y en breve se vio nuestro pasajero en medio de aquella ciudad de disolución y placeres. La novedad de los objetos, el contraste entre la gravedad alemana y la alegría bulliciosa de los venecianos, la estación del año y, más que todo, la juventud e inexperiencia de Alberto dieron en un punto por tierra con todos sus planes mercantiles. No había ventana en que no clavase los ojos, atraído de los que con negro brillo centelleaban ya tras las entreabiertas celosías, ya a las claras y como para hacer alarde de su belleza.

—Poco a poco —dijo al gondolero—; ¿a qué viene esa prisa, remando como si nos siguiese una galeota turquesca?

—Señor mío —respondió el taimado veneciano—, por lo que hace a mi seguro estoy de que no me han de tomar los corsarios que empiezan a dar caza a Vuecelencia.

—¿A mí? ¿Cómo? No os entiendo, buen hombre. Pero decidme: ¿qué príncipe vive en aquella gran casa, a la derecha?

Sin duda tiene visita esta tarde. Cuatro..., cinco..., qué sé yo cuántas bellezas están al balcón.

—Todas son de casa, mi amo. A lo que veo, Vuesa Señoría se hallaría más que dispuesto a visitar a esas señoras. Ánimo pues, y al avante.

Alberto empezó a atufarse con las respuestas del gondolero, pero habían llegado en esto bajo la ventana en que tenía fijos los ojos, y tal fue la sonrisa halagüeña con que fueron recibidas sus miradas que creyó que había sido transportado en sueño a un mundo de placeres y encantos. De más buen humor con el gondolero, le preguntó cómo podría procurar entrada en la casa.

—Solo con llamar a la puerta, señor mío. Yo he sido gondolero de esa familia y sé que las señoras de ella son en extremo aficionadas a extranjeros. Si gustáis, apenas dejemos nuestro bagaje en la posada volveremos aquí y os desembarcaré en la puerta.

Deseoso de seguir el consejo, aunque algo receloso al mismo tiempo de verse expuesto a un bochorno, pues la casa, según su aspecto, no podía ser de mala fama, Alberto quiso probar fortuna y, poniéndose uno de sus mejores vestidos, volvió a entrar en la góndola, que, concurso más apresurado que antes, llegó a los escalones o desembarcadero del que a él se le figuraba palacio. Recibiólo el portero con respeto, y, en breve, se vio en un salón adornado donde las damas que habían atraído sus ojos le dieron la bienvenida con la mayor cortesía. A las excusas que hizo de su atrevimiento le respondieron asegurándole que las costumbres venecianas lo permitían y que, supuesto que su presencia y los sujetos que había nombrado, para quienes traía cartas, aseguraban que era persona decente, tenían mucho placer en que aquella casa fuese la primera en que pusiese los pies.

En breve fueron llegando varios caballeros que frecuentaban la casa, y bien pronto se hallaron todos tan bien avenidos y amigos como si hubieran vivido en intimidad muchos años. Música, baile y juego vinieron a divertirlos en sucesión no interrumpida. Ganó como unos 40 ducados Alberto y, habiendo logrado una cita para la mañana siguiente de la joven a quien le había tocado obsequiar aquella noche, se retiró loco de contento a su posada, jurando en su corazón que Venecia era el verdadero Paraíso en la tierra.

Habiendo visitado al banquero en cuyas manos tenía sus fondos, la curiosidad le sugirió hacer algunas preguntas sobre la casa que había visitado la tarde antes. La respuesta, aunque bien intencionada, le fue muy poco agradable. Por ella supo que la casa, aunque no de la peor clase, tenía pésima fama en la no escrupulosa Venecia.

—Tened cuidado con el bolsillo —concluyó el banquero.

—Hombre mezquino —dijo entre sí Alberto—, siempre pensando en el dinero... Pero las doce son, y es tiempo de ir a encontrar a mi Giannetta al salir de misa, en la Plaza de San Marcos.

Más segura que el mismo reloj de San Marcos nuestro alemán halló a su hechicera en aquella confusión prodigiosa y animada de gentes de todas naciones, cada cual en su traje propio, cada cual hablando su lengua, y todos alegres y confiados como si se hallaran en su país nativo.

Ni es necesario ni acaso sería posible seguirlo en el laberinto de disipación y placeres en que se perdió de vista a sus correspondientes mercantiles. Seguíanlo, a lo lejos, los penetrantes ojos del banquero, quien por el hilo de sus cuentas descubría en qué estado se hallaba el ovillo de su bolsa y cuán pronto tendría que devanar la última vuelta. El incauto Alberto se apercibía de esto mismo, y aun los compañeros y cómplices en sus desbarros no tenían muchas dudas sobre la catástrofe que se acercaba.

Llegó entre tanto el día en que Alberto puso su firma a la libranza que daba fin a su caudal, de que hasta el último sequín había venido a Venecia. Ya había notado, por muchas semanas antes, cierta frialdad y despego en la joven que hasta entonces parecía solo vivir por él y para él. El festejo que de todos los visitantes recibía, en tanto que con incauta franqueza dejaba que su continua mala suerte en el juego barriese el montón de doblones que cada noche apilaba delante de sí al empezar la banca, se había convertido en cierta especie de mofa sorda y en un general desvío de los que antes lo rodeaban todo el día. La pasión loca que había concebido por Giannetta lo devoraba más que nunca, como si el despecho y los celos la enconasen convirtiéndola en una especie de fiebre. Varias veces le había ocurrido en pensamiento de poner fin a la inmensidad de males que se le presentaban en perspectiva, mas nunca con la vehemencia que cuando el criado que había enviado a casa del banquero pidiendo una pequeña cantidad de prestado puso en su mano una esquela que le daba la negativa en términos poco corteses. Era esto a la caída de la tarde, cuando, llevado de la engañosa esperanza que como reclamo empeña más y más en el camino de la perdición a los que se entregan a las pasiones, sin dejarlos jamás hasta que los derrumba al último precipicio, Alberto se preparaba a probar fortuna, por última vez, al juego. Esperaba no menos aclarar las dudas en que lo tenía la conducta de su querida y, si en ambas cosas lo burlase la suerte, ya había determinado acabar con su vida aquella misma noche.

En esta agitación y combate de afectos se hallaba Alberto cuando un gondolero dejó a su puerta un billete en que Giannetta le anunciaba su determinación de no verlo más, alegando razones tan leves y ridículas que no dejaban duda del motivo al infeliz enamorado. Hizo mil pedazos el billete y, pisando los fragmentos, tomó la capa veneciana de noche y, embozándose en ella, se dirigió a un café retirado que los mercaderes turcos solían frecuentar para tomar opio. Compró, al entrar, una porción de este soporífico bastante a quitar la vida a veinte y, retirándose a una de las como celdas en que la sala estaba dividida, se arrojó sobre una silla con el desaliento que generalmente precede al último frenesí de furia en semejantes casos.

Apenas había tenido tiempo para echar una mirada en derredor cuando una persona cuyo bulto apenas divisó al pasar echó una carta sobre la mesa y desapareció. La sombra que había atravesado y el sonido de la carta, que dio de plano sobre la tabla, llamaron la atención distraída y confusa del infeliz mancebo. Fijó los ojos en el sobrescrito y halló que decía: «Al Señor Alberto de Nuremberg, con toda prisa». La extrañeza del caso interrumpió la serie de ideas funestas que sin cesar había ocupado su imaginación durante las últimas veinticuatro horas. Tomó la carta, rompió el sello y halló en ella las siguientes palabras: «¿Qué intentas, joven temerario? ¿Por qué pierdes toda esperanza? El cielo, a quien ofendes con tu desesperación, me ha hecho saber tus desgracias para remediarlas. Mañana cuando oscurezca haz oración ante el altar de la Virgen que está en el claustro interior de San Francisco. —Quien vela en bien tuyo».

Difícil sería pintar la multitud de afectos que estas misteriosas palabras excitaron en el alma de Alberto. El modo con que la carta había llegado a sus manos se le figuraba sobrenatural. La puntualidad con que había venido a atajarlo, cuando ya iba a consumar el suicidio intentado, no podía, a su parecer, provenir sino de cierta persona inspirada. Con tal aviso, a tal tiempo, no era posible pasar más adelante en el intentado crimen.

—El cielo —dijo entre sí—, que tan claramente me ha libertado de mi desesperación, me dará medios de restablecer mi fortuna.

Sin salir de su posada en todo el día, aguardó Alberto a que el Sol se pusiese y, batiéndole el corazón como si se le quisiera salir por la boca, entró por los solitarios claustros de San Francisco cuando ya se necesitaba el auxilio de la lámpara que ardía a la entrada del patio interior en que estaba el noviciado. Con cierta especie de calofrío, pasó bajo el arco intermedio y al fin divisó el altar de la Virgen, que estaba al otro lado del cuadrángulo. Llegado que fue a él, hincó las rodillas y, aunque poco acostumbrado a actos de devoción, no pudo menos que sentirse poseído de un cierto abstraimiento pavoroso que más parecía efecto sobrenatural que resultado de las circunstancias externas. Absorto y confuso se hallaba Alberto, sin poder reducir el tumulto de sus pensamientos ni aun a aspiraciones sueltas con que implorar el auxilio del cielo, cuando el eco de los silenciosos claustros llevó a sus oídos los mesurados pasos y el arrastrar de la larga túnica de un religioso que se acercaba al altar. Un movimiento involuntario le hizo ponerse en pie y volverse hacia el ángulo de donde se oía el ruido. En efecto: vio venir un fraile con la capucha calada que se dirigía a él.

—Alberto —le dijo en voz baja al acercarse—, por el saber de tus pasos e intenciones que te mostró mi carta de anoche puedes inferir que no me eres desconocido. Si tienes cautela y eres capaz de guardar un secreto, tu fortuna se verá bien pronto restablecida. ¿Conoces a Mocénigo?

—Sí, le conozco, aunque no puedo decir que lo he tratado —respondió el joven.

—Bien sé —replicó el fraile— que aunque trata a Elvira, la hermana de Giannetta, nunca va públicamente a su casa. Pero, aunque te parezca extraño que una persona de mi profesión te proponga volver a un lugar de disipación, la seguridad del Estado Veneciano lo requiere. Tu pobreza te ha echado de las puertas de tu querida, pero en poder de tu banquero hallarás medios que te franquearán otra vez la entrada. Mocénigo conspira contra su patria. El hecho es cierto, pero faltan pruebas. Insinúate con Elvira, gana su confianza con dones y promesas y encubre tus miras para todos continuando en la intimidad con su hermana. Si lograres averiguar aunque sea un indicio, con tal que pueda servir de prueba al suspicaz Tribunal de los Diez, tu fortuna es segura. De todos modos empieza a gozar el premio en los fondos que hallarás depositados a tu orden. Pero ten presente que el menor desliz de tu lengua te confina para siempre a una de las más oscuras prisiones del Estado. Dentro de treinta días cabales te espero aquí para darme noticia de lo que hayas hecho.

Sin aguardar respuesta ni pedir consentimiento a comisión tan peligrosa, el fraile volvió la espalda y en breve se ocultó en la oscuridad de los claustros.

Pasmado quedó Alberto por algunos instantes a efecto de la sorpresa que las palabras del fraile le causaron. Diose prisa a dejar el convento y retiróse a su posada. Aunque buscó reposo a su agitado espíritu en el sueño, solo aumentó el apresuramiento febril de su sangre con la multitud de ideas extrañas y confusas que poblaron su cerebro durante una especie de duermevela en que de cuando en cuando caía. Amaneció, y con la primera luz salió de su casa ansioso de respirar el aire fresco y libre. Continuaron sus cavilaciones hasta que fue hora de abrirse el banco, y, más bien por averiguar si las imágenes que le presentaba la fantasía eran efecto de objetos reales que por la esperanza de hallarse con nuevos medios de volver a ver a su Giannetta, se acercó a preguntar al cajero si tenía algunas noticias de sus corresponsales.

—Cuatro mil ducados fueron puestos ayer a vuestro haber, pero sin nombre. El sujeto que los entregó no quiso decir de dónde venían.

—Poco importa —dijo Alberto—; supuesto que son para mí, os estimaré me mandéis 500 a mi posada.

—Así lo haré sin falta —concluyó el banquero.

—¡Bendito fraile! —exclamó entre sí el alemán—. ¡Santo más milagroso que ninguno de los que yo trataba en otro tiempo de lisonjear con misas!... Pero ¿en qué diablo de zambra me ha metido? ¿Cómo saldremos de ella? No hay que olvidarse, amigo Alberto, que aquí en Venecia desaparecen los hombres como por escotillón, y pudiera ser... Pero ¿a qué acongojarse antes de tiempo? Si yo cumplo con mi comisión, no tengo por qué temer. ¡Oh Giannetta, Giannetta, taimada y poco de fiar eres, pero no puedo vivir sin ti! Ánimo, y vamos a su casa.

El oro es el metal más prodigioso que ha formado la naturaleza. Su influjo se extiende a distancias increíbles. Con tal que un hombre tenga a su mano una buena porción de este mineral prodigioso, le veréis el reflejo en la cara aunque él se halle a un cabo y su tesoro al otro del diámetro de la tierra. Una tira de papel encantado lo transporta en pocos minutos a su faldriquera; los demás hombres sienten el poder oculto del metal, y hasta las selvas y peñas le abren paso. Como Giannetta no tenía la menor semejanza con montes ni riscos en cuanto a dureza, aunque se les parecía algo en lo enmarañado de su carácter, no es extraño que los cuatro mil de pico, que esperaban tranquilos la firma de Alberto para volar a las blancas manos de la tal niña, obrasen una mudanza completa en la determinación de no verlo más. Al entrar inesperadamente en la sala, se empezó a aglomerar una especie de nube sobre las negras cejas de Giannetta. Pero no bien hubo Alberto anunciado que su antigua amistad no le permitía dejarla ignorante de la honradez de uno de los deudores de su padre, que le había enviado una considerable suma sin que él la pidiese ni la esperase, ni la primera sonrisa con que la primavera anuncia la huida del invierno es más placentera que la que congratuló a Alberto por su buena fortuna.

Pasados los primeros raptos de alegría, no pudo menos nuestro héroe que empezar a sentir lo dificultoso de su encargo. Presuroso y empeñado en no perder tiempo, al día siguiente empezó a dedicarse a Elvira con achaque de la amistad desinteresada que el ser obsequiante de su hermana requería. Poco, empero, agradaban a Giannetta estas filosofías de amistad y desinterés. Celosa, naturalmente, de su hermana, rival oculta a causa de la ambición que le hacía envidiar el cortejo de un hombre tan poderoso en Venecia como Mocénigo, la sospecha de que hasta su casi desplumado alemán parecía inclinarse al imán principal de la casa puso el colmo a su enojo y la determinó a no guardar término a su venganza.

Jamás había Alberto hallado a su Giannetta más que meramente placentera. ¡Cuál sería su placer cuando la vio ahora con todos los síntomas de enamorada! La primera indicación de esta mudanza fue el pedirle celos. ¡Celos, pedidos por una querida! ¿Dónde está el hombre que no se ha saboreado con el primer trago de esta copa engañosa, agradable y picante en la superficie, y más amarga que acíbar en el fondo? Bien conocía Boscán este sainete del amor cuando en sus planes de felicidad contaba el que su amada.

«... Alguna vez me pida celos, con tal que me los pida blandamente.»

Parte de este deseo concedió a Alberto la fortuna; la otra se la llevaron los vientos. Quiero decir que, aunque Giannetta le dio el gusto de manifestarse tan penetrada de su amor que no podía sufrir que hablase a su hermana, lo hizo de un modo tan opuesto a la blandura apetecida por el poeta que lo acosaba de muerte de un cabo al otro de las veinticuatro horas. Desatentado el incauto joven entre la loca persecución que sufría y la necesidad de ejecutar la comisión de que pendía no solo su bienestar sino la seguridad de su persona, no sabía cómo proceder. Pasaban entretanto los días, y no adelantaba paso con Elvira, a quien apenas podía dirigir la palabra, tal era la incesante guardia que la hacía Giannetta. Cerca de tres semanas habían pasado de este modo cuando la astuta celosa mudó de repente su plan de ataque. Descuidóse al parecer de los pasos y proceder de Alberto, y empezó a manifestarse aficionada a un oficial rico, del lado allá de los cincuenta, que, antes por no saber qué hacerse que por otro interés más vivo, frecuentaba la casa. Aquí perdió los estribos el pobre Alberto: su pasión por Giannetta era harto loca para que este torbellino de afectos no le acabase de quitar el tino. Rogó, enojóse, amenazó, acarició: todo en balde. Giannetta se mantenía firme en la determinación, que juraba haber tomado, de romper para siempre. Solo un momento pareció titubear y, como si la pasión renaciente la ablandase a su pesar, con ojos bajos, cual si quisiera ocultar las lágrimas que empezaban a llenarlos, dio al agitado Alberto el nombre de ingrato, acusándolo, por la milésima vez de haberla abandonado por Elvira.

No menos veces había estado el incauto joven a punto de comunicar el importante secreto que, a su parecer, le restituiría el sosiego, calmando a su celosa amante, mas las últimas palabras del fraile resonaban aún en sus oídos, y el temor de una prisión perpetua le cosía la boca. Pero en la agitación de aquel momento la faltó la resolución y, cediendo a una necia ternura, contó a Giannetta su aventura con el fraile y la comisión de que estaba encargado.

La astuta Giannetta, aunque incapaz de adivinar el secreto, conocía demasiado a Venecia para no haber antes sospechado que algunos de los agentes de las cabezas de partido se estaban valiendo de las dificultades pecuniarias y la sencillez de Alberto para sus fines particulares. Algunas vislumbres de que, por medio de Elvira, se intentase dañar a Mocénigo se habían presentado a su imaginación, y estas confusísimas dudas la habían aguijado a sonsacar a Alberto no menos que la envidia que tenía a su hermana.

La alegría que animó sus ojos cuando se halló dueña de secreto tan importante se le figuró al infeliz Alberto prueba indudable del ardor con que lo amaba, y ni una sombra de sospecha le nubló el corazón, aunque acababa de poner su vida en manos de una mujer liviana. Embebecido en su desatinado amor, que ahora más que nunca hallaba pábulo constante en las caricias de Giannetta, y confiado en los pasos que ésta le aseguraba que había tomado para averiguar la traición de Mocénigo, creía las bien urdidas patrañas con que su querida le llenaba la cabeza cada día y vivía en la esperanza de llevar al fraile los más importantes informes.

Llegó el día aplazado, y, aunque Alberto solo llevaba esperanzas y promesas para el fraile, no por eso se olvidó de la cita en el claustro. Despidióse de Giannetta dándola a entender dónde iba y se retiró a su posada esperando que anocheciese. Hízose oscuro, entró en su góndola y, saltando en tierra a poca distancia del convento, se encaminó con menos temor que la primera vez hacia el altar de la Virgen del noviciado. No bien había hincado la rodilla, cuando el arrastrar de los hábitos y el blando pisar de las sandalias anunciaron la venida del religioso. Llegó, alzóse Alberto y, preguntado en voz baja qué noticias traía, empezó dando disculpas de no haber adelantado cuanto quisiera en su comisión, pero asegurando que en pocos días esperaba tener pruebas o por lo menos indicios vehementes del trato de Mocénigo con ciertos espías.

No bien había pronunciado el nombre de Mocénigo cuando, a un leve escombrarse del fraile, salieron cuatro embozados de detrás de los cuatro ángulos, en tanto que el fingido religioso puso un puñal al pecho del desgraciado Alberto.

—¡Muerto eres, si hablas o, si haces la menor muestra de querer huir!

Los cuatro esbirros, que no eran otros que los que se habían presentado de improviso, le rodearon, y, en breve, se halló en una góndola, donde le vendaron los ojos y aseguraron las manos. Remaba el gondolero en silencio, y guardábanlo absoluto los ministros de la policía veneciana, sin que se oyese por un buen espacio más que el pausado sumergir de los remos y los ahogados suspiros del preso. Puesto en tierra, sin desvendarle, oyó el abrir de puertas pesadas como de fortaleza o palacio y, subiendo por escaleras espaciosas, pero en lugar tan solitario que no daban paso que el eco no repitiese, se halló encerrado en un aposento pequeño, donde, por falta de luces, de nada le servía el que le hubiesen quitado la venda de los ojos.

Aunque Alberto no sabía otra cosa del fraile con quien un mes antes había hablado que lo que va dicho, la noticia que dio Giannetta a Mocénigo bastó para que el Tribunal de los Diez, de que él era miembro, se apoderase de la persona del confesor de Galeotto, su enemigo. Fray Gregorio de Jerusalén se hallaba, a este tiempo, en una de las prisiones del Estado. Tenía fray Gregorio la fama de ser el más retirado de los religiosos franciscanos de Venecia. Faltábale, empero, cierto aire de mansedumbre, sin el cual la mayor austeridad no alcanza a dar opinión de santo. Aun el carácter y circunstancias de su retiro tenían un cierto tono de misantropía que no le conciliaban el afecto de las personas piadosas. Jamás se le vio en el púlpito; en el altar, aunque contemplativo, jamás dio muestras de afectos o ternura; y, en el confesionario, la piel morena y tostada de su rostro, el ceño que un entrecejo poblado le daba, el reflejo de los ojos negros como el azabache, que relampagueaban bajo unas pestañas largas y del mismo color las pocas veces que se levantaban del suelo, y, en fin, hasta el modo de hablar, sentencioso, lacónico y como enojado, ahuyentaban a los penitentes de las clases inferiores, y solo se le conocían por dirigidos algunos de los principales de Venecia, de quienes parecía huir, no recibiendo ni pagando visitas. La edad de fray Gregorio tocaba en los cincuenta. Su persona era delgada, aunque naturalmente forzuda. Hasta las más leves huellas de la juventud habían desaparecido en ella, pero de un modo tal que nadie sabría decir si por efecto de una vida penitente o de la violencia de pasiones que le habían carcomido el corazón. De su historia, lo que se sabía en el convento era únicamente que, hallándose algunos años antes en Nápoles como soldado en uno de los tercios españoles, se había retirado del mundo tomando el hábito de los conventuales de San Francisco. Inquieto, al parecer, y deseoso de huir de sí propio, había procurado que lo enviasen a Jesuralén, donde estuvo algún tiempo. Llamado otra vez por sus superiores a Europa, hacía como tres o cuatro años que se hallaba en Venecia, donde su retiro y la agitación interna que parecía ser su origen habían crecido visiblemente. En estos últimos días, y en consecuencia del informe de Giannetta, los espías de Mocénigo que, como confesor de Galeotto, lo tenían por objeto constante de sus pesquisas, habían doblado su actividad en observar sus acciones. Por otra parte, Galeotto no dejaba de tener cierta sospecha de que su plan de ataque había sido descubierto y, creciendo el recelo al paso que se acercaba el día de la cita entre Alberto y fray Gregorio, concertó con el último que faltase a ella por aquella vez, siendo fácil darle otra si el secreto no había trascendido. En consecuencia de estas disposiciones, fray Gregorio había salido aquella mañana para hacer una visita en el convento armenio, que ocupa una de las pequeñas islas vecinas a la ciudad. Siguiólo la policía a lo lejos y, cuando vieron que no podían cogerlo hablando con el alemán, como quisieran, prepararon la escena que se ha pintado en el claustro y, al mismo tiempo, aseguraron la persona de fray Gregorio.

El empeño de Mocénigo y su partido era implicar a Galeotto en el crimen de conspiración contra su persona, que, como inquisidor de Estado, era sagrada por las leyes. Para esto bastaría que Alberto declarara que fray Gregorio era quien lo había comisionado. Pero, a pesar del más severo interrogatorio, el alemán persistía en que no le era posible reconocer al religioso que le había hablado. Determinóse, pues, por los Diez que, a la noche siguiente, se verificase un careo después de haber examinado los papeles de Alberto, de que los esbirros se habían apoderado.

El reloj de San Marcos había sonado la medianoche, cuando fray Gregorio y Alberto fueron conducidos al Tribunal de los Diez, entrando por puertas diferentes. Las colgaduras de paño negro, los vestidos del mismo color que usaban los jueces y los ministros del Tribunal disminuían la luz de cuatro velas de cera puestas de modo que diesen de lleno sobre las caras de los presos, a fin de observar la expresión y mudanza de los semblantes. El contraste de la oscuridad general hacía resaltar sus personas de modo que parecían figuras de algún célebre artista que se salían del cuadro. A un lado, algo cerca de la mesa principal, se veía a fray Gregorio como lo hemos descrito, echada atrás la capucha, los brazos cruzados, las manos metidas en las anchas mangas del sayal y los ojos en el suelo, sin haber echado ni una mirada a los jueces ni al otro preso. Alberto, más atrás, volvía los ojos con una especie de desasosiego, medio atemorizado, medio quejoso, como que le faltaba la experiencia de las desgracias humanas y de lo inexorable de la mala suerte que daba a su compañero compostura. Su edad no pasaba de veintidós años, medianamente alto, ojos ni tan claros como los del Norte ni tan oscuros como los del Mediodía, pero que parecían negros en la luz en que entonces brillaban. El pelo negro y rizado daba realce a una piel que, sin ser blanca, como podría esperarse en un alemán, tenía toda la transparencia que se necesita para que ni lo trigueño domine ni lo sonrosado dé en ojos. Si la expresión del rostro no era de actividad mental ni afectos vehementes, tenía en el mirar pintados el candor y la benevolencia. Su primer impulso fue hablar a los senadores, mas luego le fue impuesto silencio mandándole que respondiese a las preguntas que le harían. La primera fue que dijese el nombre del religioso con quien había hablado en los claustros de San Francisco. Al responder que no lo sabía, le instaron a que dijese si conocía al que estaba presente. Aseguró que no. Repitióse la pregunta tres veces, y, oyendo la tercera negativa, el presidente tocó la campanilla, y Alberto fue conducido fuera de la sala.

—Por lo que hace a vos, fray Gregorio, vuestro carácter retarda el expediente que probablemente sacará la verdad de boca de ese joven. Confesad, pues, si queréis escapar el tormento que, según parece, se está ya aplicando a vuestro compañero.

Oíase, en esto, la voz levantada de Alberto que, hablando a los verdugos sin haber aún roto en quejido, daba muestras de dolor agudo que ya se hacía intolerable. El silencio que, por pocos momentos, se apoderó del Tribunal dio cumplido efecto a un gemido agudísimo que concluyó con un sonido sordo como de persona que se desmaya. Los cabellos se hubieran erizado a cualquiera no acostumbrado a semejantes escenas, y aun las facciones secas y rígidas del fraile se demudaron, aumentándose su palidez. Sonó la campanilla otra vez, y el presidente, que no había quitado los ojos de sobre el religioso preso, le dijo:

—Confesad o preparaos a ocupar el puesto que por ahora va a dejar vuestro compañero.

—Extraña demanda —contestó en voz pausada fray Gregorio— la de que confiese lo que no sé, de que admita una acusación sin más fundamento que una vaga sospecha. Mi conducta anterior me absuelve de ella.

—Vuestra conducta, padre, ha tenido siempre algo misterioso. La historia de vuestra vida está incompleta. ¿Qué erais antes de tomar el hábito? ¿Por qué ocultáis el país de vuestro nacimiento?

—Porque nada tiene que ver mi patria con mis desgracias.

—Más de lo que acaso os convendría decir —contestó el presidente—. Pero oigamos —continuó— lo que dirá el joven alemán.

Salía, en efecto, el infeliz, pálido como la muerte, sosteniéndose sobre los hombros de los ministros de justicia, o más bien sostenido por ellos, pues, según se veía, el tormento le había quitado el uso de los brazos. Faltábanle las fuerzas para hablar, y fue preciso darle una pequeña banqueta para que respondiese sentado a las preguntas y careo, que continuó de esta manera:

—Aunque os decís alemán, vuestros papeles dan indicios de que no nacisteis en aquellos dominios.

—No, señor —respondió Alberto—; Madrid fue el lugar de mi nacimiento, pero aún no tenía un año cuando mi madre, que era natural de Nuremberg, me llevó allá, acompañada de su hermano suyo, bajo cuya protección me he criado.

—¿En Madrid? —exclamó Mocénigo, clavando los ojos en el joven como si tratase de reconocer sus facciones—. ¿Cómo se llamaba vuestro padre?

—El nombre de mi padre es un secreto que no me es posible revelar por ahora —contestó Alberto.

—¡Oh! —dijo el presidente—; semejantes secretos no se admiten en este sitio, a no ser como agravación del delito en que estáis implicado. El impulso viene sin duda de más alto, y, apenas hayan pasado veinticuatro horas, cuando el tormento os hará decirnos lo que sabéis de vos mismo, ya que no ha bastado esta noche a haceros reconocer a este religioso.

—¡El tormento otra vez! —dijo Alberto con voz que el terror enronquecía—. Señor —continuó dirigiéndose al presidente, en tanto que las lágrimas corrían hilo a hilo por sus descoloridas mejillas—, si no habéis nacido de las piedras, si los pechos de una madre os alimentaron en vuestra infancia, no me obliguéis a romper el juramento que hice a la mía,

¡mujer desgraciada!, cuando estaba para expirar. Contentaos con saber los hechos de la triste relación que me hizo al darme su bendición postrera y no me preguntéis los nombres.

—Oigamos la historia —contestó el presidente—, que luego sabremos cómo sacar los nombres en claro.

Sentado como se hallaba Alberto, con labios más moreteados y trémulos que cuando salió del tormento, y sin la menor acción, por hallarse sus brazos sin poder ni movimiento, contó su historia de este modo:

—Mi madre fue a España, cuando apenas tenía seis años, con la suya, que en calidad de azafata de la Reina la había seguido desde Alemania. La belleza de su persona y la gracia de sus modales hicieron a mi infeliz madre el encanto de la corte apenas dejó el convento en que se educó bajo la protección de la Reina. Más bien por afecto que por su empleo de camarista su señora apenas la perdía de vista, complaciéndose en tenerla a su lado hasta que, como intentaba, pudiera darla en casamiento a uno de los magnates de la corte. Mas la suerte había hecho que la bella alemana (así la llamaban comúnmente) fijase la vista en uno de los caballeros jóvenes cuyo empleo le obligaba a vivir en Palacio cerca de la persona del Rey. Era el enamorado de familia noble, como lo denotaba la cruz de Santiago que llevaba al pecho, y había mostrado en varios encuentros un temperamento tan fogoso que a no ser por lo agradable de su persona y la finura de su cortesanía, que le ganaban el afecto del Monarca, más de una vez estuvo para perder su empleo. No es del caso contar por qué trámites creció el efecto de una parte y otra a pesar de las dificultades que la etiqueta de palacio ofrecía a cada paso. El trato, aunque a hurto, era diario, y cuando los amantes no podían hablarse no les faltaban ocasiones de entenderse por papeles.

Mi padre, llevado de la vehemencia de su carácter, propuso un casamiento secreto, y mi madre, aunque no ignorante de las funestas consecuencias que para entrambos podían resultar del enojo de la Reina, cedió su mano y su persona. Un año había pasado sin que la imprudente conducta de los jóvenes esposos tuviese resultas que obligasen a descubrir su enlace, cuando un embajador extranjero, cuyo nombre y patria verdaderamente ignoro, concibió tal pasión por la bella alemana que cuanto influjo poseía (y era grande, por su carácter diplomático) lo convirtió en instrumento de conseguirla por mujer. Halló desdén donde no lo esperaba, y, mezclándose el resentimiento con el deseo, se convirtió en persecución lo que al principio fue cortejo. La Reina misma se empeñó en persuadir a mi madre y en proporcionar al embajador ocasiones en que ganase su afecto. No se daban estos pasos sin que su marido los observase y, como, por temor de que su vehemencia y ardimiento le hiciese declarar su enlace exponiéndose a la pérdida de su empleo, mi madre le ocultaba la propuesta del embajador, se envenenaba su pecho con los más funestos aunque ocultos celos. Mal aconsejada al fin por su azorada imaginación, determinó fiarse del honor de su enamorado perseguidor y, en una de las visitas en que las instancias del extranjero subieron al más alto punto de ardor, mi desgraciada madre se echó a sus pies rogándole que no la afligiese, pues estando casada de secreto en vano solicitaba su amor. Disimuló el malintencionado amante y preguntó el nombre de su afortunado rival; díjoselo mi madre y creyó que en aquel punto habían concluido sus males. Pero esta confianza fue el verdadero principio de sus desgracias. Un casamiento clandestino en palacio, cuando acababan de ponerse en toda su fuerza las leyes civiles y eclesiásticas que lo prohíben, era delito que el Rey no podía perdonar. Apenas habían pasado veinticuatro horas, cuando mi padre fue conducido al Alcázar de Segovia y mi madre encerrada en un convento. Desde aquel instante cesó toda comunicación entre los desgraciados esposos. Mi padre, no sé cómo, logró escaparse de su prisión, y ni mi madre ni ninguno de sus parientes supieron jamás su paradero. A poco tiempo de estar en las Descalzas Reales, mi madre percibió que lo era y, comunicando su estado a la Reina, recobró su libertad, aunque no su honra, que por la severidad de las nuevas leyes solo podía quedar limpia por medio de un casamiento solemne con el autor de mi existencia. Confiaba en la nobleza de su esposo que no la abandonaría, pero al cabo de dos años de temores y esperanzas tuvo que conformarse con su desgracia y, jurando no volver a pronunciar el nombre de quien tan cruelmente la había abandonado, se volvió a Alemania, donde pasó el resto de sus días con su hermano, quien me adoptó por hijo. Allí murió pocos años ha, habiéndome confiado mi historia pocos días antes de su muerte.

—Según lo que oigo —dijo a esto Mocénigo—, vuestro verdadero apellido es Guevara.

La sorpresa que estas palabras causaron a Alberto le hicieron casi desmayar de nuevo. Mocénigo, volviéndose hacia sus compañeros, dijo, con aire insolente aunque no enteramente exento de compasión al miserable objeto que tenía a la vista:

—¡Quién dijera que, al cabo de tantos años después que aquel villano español me puso a la muerte en Madrid, había su hijo de conspirar con mis enemigos en Venecia!

—Según eso —replicó uno de los senadores—, vos fuisteis el enamorado que separó a los dos amantes.

—¡Travesuras de la juventud! —replicó Mocénigo con una sonrisa maligna—. Lo extraño es que, con tener parte tan notable en la historia que este mozo nos cuenta y no obstante haber probado el acero del asesino, jamás le vi la cara.

—¡Veráslo ahora! —exclamó una voz que hizo resonar la sala.

Y en un momento Mocénigo cayó herido mortalmente a los pies del fraile.

Pintar la confusión que se siguió a esta herida sería imposible a la pluma. Acudieron unos al moribundo y rodearon otros con espadas desnudas al matador, quien, con ojos en que momentáneamente había sucedido el abatimiento a la fiereza, volviéndose hacia donde estaba Alberto, exclamó:

—¡Dejadme, dejadme abrazar a mi hijo, al desgraciado hijo a quien sin conocerlo he traído a tan miserable estado, y haced de mí lo que quisiereis!

Al decir esto, arrojó en el suelo, destilando sangre, la cabeza y brazos de la cruz que acostumbraba a llevar entre el cordón y el pecho, y cuya parte inferior servía de vaina al puñal con que había herido a Mocénigo.

—¡Oídme, señores, por pocos momentos antes que me conduzcan a la muerte lenta y horrible que de cierto me espera! ¡Si la parcialidad de Estado no os cierra los oídos a la voz de la naturaleza, confesad que el hombre a quien he quitado la vida no me ha pagado con ella ni la mitad de los males que me atrajo con sus viles intrigas! Ese hombre cruel, separándome de cuanto más amaba, me obligó a andar errante y mezclado con los forajidos de España por más de dos años después que escapé de la fortaleza donde me hizo encerrar su influjo. La narración de ese desdichado a quien he venido a reconocer por hijo, cuando yo he sido el instrumento indirecto de reducirlo a un estado en que la muerte debe serle apetecible, ha puesto ante mis ojos todas las maquinaciones con que ese vil hombre causó mi ruina.

Suyas sin duda fueron las cartas falsas que, estando aún en prisión, me informaron que mi mujer había consentido a anular legalmente nuestro casamiento y falsificada debió de ser la firma de la desgraciada a quien creí traidora. Atrevíme a entrar de noche en Madrid y atraje sobre mí la persecución más violenta de resultas de haberlo herido. Acogíme a los montes, con los bandidos, hasta que, horrorizado de mí propio, me embarqué disfrazado para Jerusalén, donde tomé este hábito. Habíanse ya casi borrado las huellas de la pasión violenta que me hacía ansiar por venganza, cuando la desgracia, o mi destino, me obligó a vivir en Venecia. La vista diaria de mi enemigo renovó mis antiguos odios. Traté de causar su ruina, aunque no por medios violentos, si fuese posible evitarlos. ¡Qué me importa ya ni el mundo ni mi propia vida! A no ver a ese desgraciado objeto, a ese hijo a quien he venido a reconocer a las puertas de una muerte cruel y violenta, el placer de mi venganza me haría triunfar de vuestros verdugos.

Diciendo estas palabras, se arrojó al cuello de Alberto, que, desmayado a fuerza de sus dolores y de los encontrados afectos que la escena toda había excitado, yacía más muerto que vivo en los brazos de los que lo custodiaban.

El presidente dio sus órdenes en secreto. Vendaron los ojos y ataron atrás los brazos del fraile, y, poniéndolo en una góndola con el desfallecido o moribundo Alberto, los desembarcaron junto al puente llamado de los Suspiros, que conduce a las prisiones de Estado. Abiertas que fueron las puertas que conducían a dos calabozos subterráneos, y, observando fray Gregorio que los iban a separar, exclamó con vehemencia:

—¡Dejadme abrazarlo por última vez!

Esta súplica quedó sin otra respuesta que una débil voz que se retiraba diciendo:

—¡Oh, no nos separéis! ¡Permitidme morir con mi padre!

Libros a la carta

A la carta es un servicio especializado para
empresas,
librerías,
bibliotecas,
editoriales
y centros de enseñanza;
y permite confeccionar libros que, por su formato y con-
cepción, sirven a los propósitos más específicos de estas ins-
tituciones.

Las empresas nos encargan ediciones personalizadas para
marketing editorial o para regalos institucionales. Y los in-
teresados solicitan, a título personal, ediciones antiguas, o
no disponibles en el mercado; y las acompañan con notas y
comentarios críticos.

Las ediciones tienen como apoyo un libro de estilo con
todo tipo de referencias sobre los criterios de tratamiento
tipográfico aplicados a nuestros libros que puede ser consul-
tado en Linkgua-ediciones.com.

Linkgua edita por encargo diferentes versiones de una
misma obra con distintos tratamientos ortotipográficos (ac-
tualizaciones de carácter divulgativo de un clásico, o versiones estrictamente fieles a la edición original de referencia).

Este servicio de ediciones a la carta le permitirá, si usted
se dedica a la enseñanza, tener una forma de hacer pública
su interpretación de un texto y, sobre una versión digitaliza-
da «base», usted podrá introducir interpretaciones del texto
fuente. Es un tópico que los profesores denuncien en clase
los desmanes de una edición, o vayan comentando errores
de interpretación de un texto y esta es una solución útil a esa
necesidad del mundo académico.

Asimismo publicamos de manera sistemática, en un mismo catálogo, tesis doctorales y actas de congresos académicos, que son distribuidas a través de nuestra Web.

El servicio de «libros a la carta» funciona de dos formas.

1. Tenemos un fondo de libros digitalizados que usted puede personalizar en tiradas de al menos cinco ejemplares. Estas personalizaciones pueden ser de todo tipo: añadir notas de clase para uso de un grupo de estudiantes, introducir logos corporativos para uso con fines de marketing empresarial, etc. etc.

2. Buscamos libros descatalogados de otras editoriales y los reeditamos en tiradas cortas a petición de un cliente.